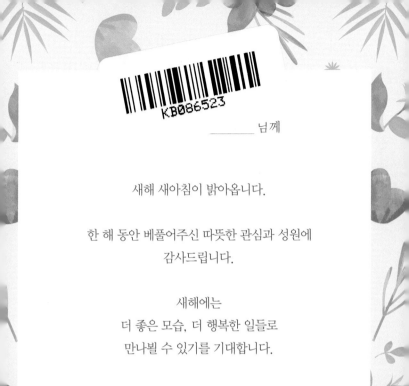

_____ 님께

새해 새아침이 밝아옵니다.

한 해 동안 베풀어주신 따뜻한 관심과 성원에
감사드립니다.

새해에는
더 좋은 모습, 더 행복한 일들로
만나뵐 수 있기를 기대합니다.

오늘처럼,
365일 항상 건강하시고
웃음 가득한 한 해 되시기 바랍니다.

행복하세요!

 _____드림

오늘처럼

나무한그루

새아침엔 좋은 습관을!

새 술은
새 부대에 담으라고 했다.
새해 새아침을
새로운 생각, 새로운 계획으로 채워보자.

실패하면 어떤가?
아무것도 하지 않으면
아무 일도 일어나지 않는다.
도전한다고 다 성공하는 것은 아니지만
도전 없이 얻어지는 성공도 없다.

실패하면 다시 계획하고 다시 시작하면 된다.
작심삼일이어도 좋다.
최소한 삼일은 성공한 것이니까.

삼일을 열 번 되풀이하면 한 달이 되고,
한 달을 지속하면 습관이 된다.

좋은 습관 하나가 인생을 바꾸어 놓는다.

새해에는
새로운 습관, 좋은 습관을 만들어보자!

익숙한 것들과의 결별

익숙한 것들은
편안한 안정감을 주지만
전혀 새로울 것이 없는 일상의 반복인 경우가 많다.

새로운 것들은 낯설고 불편하지만
그것이 변화와 혁신으로 가는 지름길이다.

내가 새로워지지 않으면
새해 새아침도 어제와 별반 다를 게 없다.

새롭게 살고 싶다면,
어제와는 다른 오늘을 살고 싶다면,
먼저 익숙한 것들과의 결별을 선언해 보자.

오래된 습관,
낡은 생각,

늘 그저 그런 관계 등등….
비우고 버려야만 여유와 공간이 생기고
새로운 것으로 채울 수 있게 된다.

새해 새아침,
익숙한 것들에 결별을 고하고
낯설게 살아보자.
뭔가 어색하고 낯설다는 느낌이 든다면
지금 새로운 길을 잘 가고 있다는 증거다.

일신우일신日新又日新,
일신우일신日新又日新!

가장 아름다운 댓글

"안 쓰는 화분에 새싹이 나서
물을 주고 잘 키웠더니 꽃이 피었습니다.
이건 꽃인가요, 잡초인가요?"

한 네티즌이 인터넷에 올린 질문이다.
그 질문에 이런 답글이 달렸다.

"기르기 시작한 이상 잡초가 아닙니다."

이 답글은 '가장 아름다운 인터넷 댓글'로 선정되어
초등학교 교과서에도 실렸다고 한다.

저절로 자라면 잡초지만
관심과 정성을 쏟으면 화초라는 얘기다.

우리 삶도 이와 다르지 않다.
누구나 꽃보다 아름다운 존재로 태어나지만
스스로 자신을 보살피고 가꾸지 않으면
금세 잡초가 무성해진다.

스스로를 돌보고
정성으로 자신을 가꿔갈 때
내 삶은 화초가 되고
내가 걷는 길은 꽃길이 된다.

나만의 공간, 케렌시아

'케렌시아Querencia'는
'피난처', '안식처'를 뜻하는 스페인어다.
투우장에서 결전을 앞둔 소가
잠시 숨을 고르는 혼자만의 공간을
'케렌시아'라고 부른다.
소는 이곳에서 마지막 에너지를 모은다.

낭만주의 실내악의 거장 요하네스 브람스는
여름이면 스위스 툰 호수 근처에서 휴가를 즐겼고,
그곳에서 많은 실내악곡을 완성했다.

세계 최대의 자산가이자 '석유 왕'으로 불렸던 록펠러는
매일 정오가 되면 사무실 문을 걸어 잠그고
한 시간씩 낮잠을 즐겼다.
그 시간에는 대통령도 그와 통화를 할 수 없었다.

천재 작가 레오나르도 다빈치는
어떤 일에 일단 몰두하면 밤을 새우는 일이 많았다.
요리에서부터, 발명, 수학공부, 그림그리기까지
할 일은 많고 몸은 하나뿐이라 늘 잠이 부족했다.
그래서 그는 4시간 일하고 15분씩 쪽잠을 자는 습관으로
부족한 수면을 대신했다고 한다.

빌 게이츠는 마이크로소프트 회장 시절에
1년에 두 번씩 회사의 미래 전략과 아이디어 구상을 위해서
'생각주간think week'을 가졌다.
생각주간 동안 미국 서북부 지역 호숫가에 위치한 별장에서
독서와 산책을 즐기며 새로운 사업구상을 가다듬곤 했다.

휴식과 재충전을 위한 나만의 공간,
나만의 시간, 케렌시아!
'케렌시아'는 여유와 쉼을 뛰어넘는
또 하나의 경쟁력이다.

북방사막딱새와 도도새

고작 25g의 몸무게를 가진 새,
독수리 깃털 한 개의 무게에 불과한 새가 있다.
북방사막딱새다.
이 작은 새가 한 해 동안 비행하는 거리가
무려 3만 킬로미터에 달한다고 한다.
지구 한 바퀴를 도는 거리다.

시베리아에서 태어난 북방사막딱새는
나는 법을 배우자마자 어미들 틈에 끼어 긴 비행을 시작한다.
아시아대륙을 관통하고 아라비아 사막을 거쳐
아프리카 케냐까지 날아간다.
따뜻한 곳에서 겨울을 나기 위해서이다.

케냐의 광활한 대지에 우기가 찾아오면
북망사막딱새는 거침없이 창공을 향해 날아오른다.
시베리아로 회귀하는 긴 여정을 시작하는 것이다.

그런가하면,
25kg의 큰 덩치와 멋진 날개를 가졌지만
한 발짝도 날지 못하는 새 아닌 새도 있었다.
인도양의 모리셔스 섬에 서식했던 도도새다.
섬에는 도도새를 위협할만한 맹수나 천적도 없었고,
먹잇감들이 지천으로 널려 있었다.
굳이 날아야 할 필요성을 느끼지 못한 도도새는
결국 날개 기능이 퇴화되었고,
훗날 네덜란드 이주민이 상륙하면서 멸종에 이르게 된다.

생존에 대한 본능과 기술은
적당한 위협요소와 긴장 속에서 성장한다.

세상을 바꾼 질문들

1943년 성탄절,
필름 카메라로 사진을 찍어대는 아빠에게
세 살짜리 여자 아이가 이렇게 물었다.
"아빠, 왜 지금 바로 사진을 볼 수 없어?"
전혀 예상하지 못한 딸의 질문에 당황했던 아빠는
잠시 후 기쁨의 환호성을 질렀다.
번뜩, 신제품 아이디어가 떠올랐던 것이다.
그 아빠의 이름은 에드윈 랜드,
5년 후 세계 최초의 즉석카메라인
폴라로이드 랜드 카메라 'Model 95'를 출시한 인물이다.

"왜 불편한 신발을 신고
틀에 박힌 동작으로만 춤을 춰야 하지?"
이 사소한 의문 하나가
발레가 전부였던 춤의 세계에
새로운 지평을 여는 결정적 계기가 된다.

그 의문의 주인공은
'현대무용의 어머니'라 불리는 이사도라 던컨이었다.

"왜 여자들은 허리를 조이고
치마를 땅에 끌고 다녀야만 할까?"
이 의문 하나가 코르셋에 갇혀 있던 여성들의 몸에
자유의 바람을 몰고 왔다.
그 의문을 품은 주인공은
20세기 여성 패션의 혁신을 선도한 가브리엘 샤넬이다.

세상을 바꾼 변화와 혁신의 바람은
작은 의문, 사소하고 우연한 질문들에서 출발했다.

가장 치욕적인 말

"당신이 영원히 한 장소에 머물러 있기를⋯!"

중앙아시아의 타타르 부족이
가장 치욕스럽게 여기는 말이다.
유목민인 그들에게 한 장소에만 머물러 있으라는 것은
저주에 가까운 말로,
고립과 퇴보, 멸종을 의미한다.

히말라야에 사는 사람들은
'화를 잘 내는 사람'이라는 평가를 들었을 때
가장 큰 모욕감을 느낀다고 한다.
세속적인 성공에는 관심 없고,
마음의 평화를 최고의 가치로 여기는 그들에게
'화를 잘 내는 사람'은 그야말로 하류인생이기 때문이다.

에스키모 이누이트 족은
마음속에 화가 치밀 때면 하염없이 걷다가
마음이 누그러지면 그 자리에 표시를 하고
왔던 길을 되돌아간다고 한다.

나에게 가장 치욕적인 말은 무엇일까?
그리고 나는
화가 나고 마음의 평정을 잃었을 때
그것을 어떻게 다스리는가?

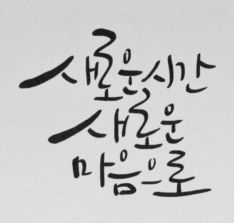

새로운 시간
새로운
마음으로

청어를 살아 있게 하는 것…

살아 있는 싱싱한 청어를 먹기 어려운 시절이 있었다.
청어는 북해나 베링 해협 등 먼 바다에서 잡히는 어종으로
배에 싣고 오는 동안 대부분 죽어나갔기 때문이다.

그런데 언제부터인가 런던 수산시장에
살아 있는 청어가 대량으로 공급되기 시작했다.

그 비결은 한 어부의 지혜에서 탄생했다.
'살아 있는 청어를 시장에 공급할 수 있는 방법이 없을까?'
늘 고민에 빠져 있던 어부는 어느 날,
청어가 담긴 수조에 천적인 곰치 몇 마리를 풀어놓았다.
그러자 청어들은 곰치에게 잡아먹히지 않으려고
필사적으로 도망을 다녔고,
그 덕에 시장에 닿을 때까지 싱싱하게 살아 있었다.

적당한 긴장은
우리를 늘 깨어 있게 만든다.

사슴의 개체수를 늘리는 방법

캐나다의 북부 초원 지대에는
오래전부터 사슴과 이리가 살고 있었다.
그런데 언제부터인가
사슴의 개체 수가 급격히 줄어들었다.
캐나다 주 정부에서는 그 원인을
사슴의 천적인 이리 때문이라고 판단하고
대대적인 '이리 소탕 작전'을 벌였다.
낙엽이 떨어진 겨울철에 전문 사냥꾼을 투입해서
이리 사냥을 한 것이다.

숲에서 이리가 사라지자
사슴의 개체수가 점점 늘어나기 시작했다.

하지만 그 효과는 오래 가지 못했다.
특별한 이유 없이 다시 사슴들의 번식력이 떨어지고
면역력도 약해지더니 하나 둘 죽어가기 시작한 것이다.

전문가들은 이 사태에 대해 뜻밖의 의견을 내놓았다.
천적인 이리의 소멸이 가장 큰 원인이라고 진단한 것이다.
캐나다 주 정부는 다시 이리 복원작업을 벌였고,
사슴의 개체 수도 다시 증가하기 시작했다.

천적은 분명 생존을 위협하는 존재이지만
생존 본능을 강하게 만드는 원천이기도 하다.

독수리가 더 빨리 날기 위해서는
'공기'라는 장애물을 극복해야 한다.
그렇다고 공기를 없애면 어떻게 될까?
독수리는 땅바닥으로 곤두박질하게 된다.
독수리에게 공기는 저항인 동시에
비행의 필수조건인 것이다.

행복은 메달 순이 아니다

올림픽에서 메달을 획득한 선수들은
얼마나 행복할까?
금, 은, 동 메달 순서대로 행복감도 비례할까?

코넬 대학 심리학 교실에서는
1992년 바르셀로나 올림픽 메달리스트들의 표정을 분석한
재미있는 연구 결과를 내놓았다.
메달리스트들의 표정은 금, 은, 동 순서가 아니라
금, 동, 은의 순서로 행복감을 나타냈다는 것이다.

은메달과 동메달의 순서가 왜 바뀌었을까?

연구에 따르면 은메달을 딴 선수는
기쁨보다 안타까움이 더 큰 것으로 나타났다.
조금만 더 잘했더라면
금메달을 딸 수 있었을 것이라는 생각 때문이었다.

반면에 동메달을 딴 선수는
하마터면 메달 획득에 실패할 수도 있었다는 생각에
안도감과 함께 큰 행복을 느낀다고 한다.

행복은 성적순도 메달순도 아니다.
어디를 보고, 무엇과 비교를 하느냐에 따라서
행복감이 달라진다.

돈으로는 살 수 없는 것

한 다큐멘터리 사진작가가
멕시코 원주민 취재에 나섰다.

그는 제일 먼저 마을의 재래시장에 들렀다.
시장에는 무더운 날씨인데도 많은 원주민들이
직접 재배한 농작물을 내다 팔고 있었다.
그 중에서 사진작가의 눈길을 끈 것은
시장 한 귀퉁이에서 망고를 파는 할머니였다.

할머니는 망고를 싼값에 내놓고 있었지만
오전 내내 단 한 개도 팔지 못하고 있었다.
땡볕에서 마냥 손님을 기다리고 있는 모습을 보며
사진작가는 자신이 망고를 모두 사주기로 마음먹고
할머니에게 다가가 말을 걸었다.

"할머니, 그 망고 제가 전부 살게요. 모두 얼마에요?"

그런데 할머니의 반응이 의외였다.

"이걸 지금 전부 다 팔라고?
그럼 난 오후에는 뭘 하게?"

사진작가에게는 힘들고 애처롭게 느껴졌던 그 일이
할머니에게는 무엇보다 소중한 하루 일과였다.
돈도 중요하지만 할머니에게는
하루하루 소일거리가 더 소중했던 것이다.

일을 하며 느끼는 즐거움과 행복에는
돈으로 환산할 수 없는 그 이상의 무엇이 있다.

아름다운 2등

2017년 12월 10일,
텍사스 주 댈러스에서 열린 마라톤대회에서
영화보다 아름다운 장면이 펼쳐졌다.

결승선 100여 미터 앞에서
1위로 달리던 선수가 비틀거리자
뒤따르던 선수가 재빠르게 팔을 잡아 부축했고
결승 지점까지 함께 뛰었다.
2위의 도움을 받아 가장 먼저 결승점을 통과한
32살의 현직 의사인 챈들러 셀프는
2시간 53분 57초의 기록으로 여자부 우승을 차지했다.
관중들은 박수와 환호로 우승자를 축하했지만,
2위로 들어온 선수에게 더 큰 환호와 기립박수를 보냈다.
그 주인공은 17살의 고교생 아리아나 루터먼이었다..

루터먼은 경기 후 가진 인터뷰에서

당연한 일을 했을 뿐이라며 이렇게 말했다.
"그 순간 내가 할 수 있는 건
그녀를 일으켜 세우는 것밖에 없었어요."

"남을 도울 기회는 도처에 있다."

루터먼이 입버릇처럼 자주 하는 말이다.
그녀는 12살 때부터
집 없는 어린이를 위한 비영리단체를 만들어
지금까지 왕성한 활동을 하고 있다.

선행과 도움은
가진 자, 여유 있는 자만의 전유물이 아니다.
행동하지 않은 양심은 모두 핑계에 불과하다

세렝게티의 동물들이 좋아하는 색

아프리카 탄자니아에 위치한 세렝게티 국립공원.
사자, 코끼리, 얼룩말 등 300만 마리의 포유류가 살고 있는,
말 그대로 '동물의 왕국'이다.

이곳에 서식하는 동물들은 어떤 색깔을 좋아할까?
초원의 색인 녹색일까?

최근 세렝게티의 동물들은
파란색을 좋아하는 것으로 밝혀졌다.

언제부터인가 세렝게티의 동물들은
파란색만 눈에 띄면 한자리로 모여들었다.
파란색 물탱크가 탑재된 큰 트럭 주변이었다.
케냐인 패트릭 킬론조 음왈루와
그의 친구들이 모는 트럭이었다.

패트릭과 친구들은 매일 1만 리터의 물을 싣고
세렝케티까지 70km가 넘는 길을 오가며
바짝 마른 웅덩이에 물을 채워 넣고 있었다.

60년만의 가뭄으로 세렝게티의 모든 웅덩이가 말라붙고,
동물들의 목이 타들어가고 있는 현실을 안타깝게 여기던
패트릭과 친구들은 농사일도 제쳐두고,
함께 뜻을 모아 세렝케티 동물 살리기에 나섰던 것이다.

그들의 진심과 친절은
세렝게티 동물들에게 '파란색'으로 각인되었다.

흑역사를 기억하라

매년 10월 13일은
핀란드 사람들에게 매우 특별한 날이다.
이름하여 '실패의 날Day for Failure',
실패를 두둔하고 축하하는 날이다.

2010년부터 재정된 이 날은
핀란드의 대표적인 기업 노키아의 몰락을 계기로,
1년 중 하루만이라도 실패의 경험담을 당당하게 털어놓고
그 경험에서 지혜를 얻자는 취지에서 만들어졌다.

이처럼 실패의 가치를 인정하는 사회,
실패를 용납하고 독려하는 핀란드의 사회 분위기에서
마침내 세계적인 히트작 '앵그리 버드'가 나왔고,
모바일 게임 '클래시 오브 클랜'이 탄생하게 된다.

2009년에 출시된 '앵그리버드'는

무려 51번의 실패 끝에 성공한 게임으로도 유명하다.
모바일 게임 "클래시 오브 클랜"을 개발한 기업 슈퍼셀은
실패한 사람에게 축하 파티를 열어주는 전통이 있다.
실패를 통해
무언가를 확실히 배웠다는 것을 축하하는 것이다

누군가는 '흑역사'라 부르는 실패의 경험이
누구에게는 '인생 최고의 자산'이 된다.

인생 최대의 실수는?

"살면서 저지르는 가장 큰 실수는
실수할까봐 끊임없이 걱정하는 것이다."

『가르시아 장군에게 보내는 편지』의 저자
앨버트 허바드의 말이다.

알에서 깨어난 독수리가
땅에 추락하는 것이 두려워서 날기를 주저한다면
자신이 얼마나 크고 멋진 날개를 가졌는지
결코 알 수 없을 것이다.

『좋아하는 일을 찾는다』의 저자이자 의사인
사이토 시게타는 이렇게 말한다.
"포기하지 말라. 저 모퉁이를 돌면 행운이란 녀석이
당신을 기다리고 있을지도 모른다."

지금 포기하면
아직 시작되지도 않은 진짜 인생을 놓치게 된다.

관점의 차이

한국전쟁 종전을 공약으로 내걸었던 아이젠 하워가
1952년 12월 대통령 당선자 신분으로 방한했다.
전선을 둘러보기 위해서였다.

방한 일정에 부산의 유엔군 묘지 참배가 잡혀 있었다.
전쟁 중인데다 계절마저 겨울인지라
유엔군 묘지는 풀 한 포기 없이 황량하게 방치된 채였다.
그런 모습을 보여줄 수 없다고 판단한 미군 담당자는
현대그룹의 정주영 회장을 다급하게 찾았다.

"5일 안에 유엔군 묘지에 푸른 잔디를 심어주시오."

참으로 난감한 부탁이었다.
'한겨울에 푸른 잔디를 어디서 구할 것이며,
어떻게 5일 안에 그 작업을 마친단 말인가?'
정주영 회장은 고심 끝에 그 부탁을 받아들이고,

대신 애초에 제시한 공사비의 3배를 조건으로 내걸었다.
미군 담당자는 그 조건을 받아들였고,
정회장은 약속한 5일 만에 유엔군 묘지를 푸르게 만들었다.
그것은 작업이 아니라 군사작전이었다.
무려 30대의 트럭을 동원해서
낙동강 주변의 보리들을 통째로 옮겨 심은 것이다.

관점을 달리한, 발상의 전환이었다.
'잔디'가 아니라 '푸르게'를 핵심으로 본 것이다.

컵에 반쯤 담긴 물을 보고도
누구는 '반도 안 남았다'고 하고
누구는 '아직 반이나 남았다'고 한다.

아름답고 특별한 인사말

"인 라케크."
"알라 킨."
고대 마야인들이 서로 주고받는 인사말이다.

누군가가 먼저 "인 라케크."라고 인사를 건네면
상대방이 "알라 킨."이라고 화답한다.
"인 라케크."는 '나는 당신입니다.'라는 뜻이고
"알라 킨."은 '당신은 나입니다.'라는 뜻이라고 한다.

"미타쿠예 오야신."
'모든 것이 하나로 연결되어 있다.'
또는 '모두가 나의 친척이다.'라는 뜻의
다코타 족 인디언들의 인사말이다.

북미 인디언 세네카 족의 인사말도 특별하다.
"당신이어서 고맙습니다."

소중하고 특별한 존재는 멀리 있지 않다.
항상 내 주변 가까이에서
나의 특별한 인사를 기다리고 있다.
그들에게 내가 먼저 특별한 인사를 건네는 순간
나는 그들에게 아름답고 특별한 존재가 된다.

데일 카네기는 이런 말을 남겼다.

"내가 건네는 말 한 마디,
이 세상의 행복은 그만큼 늘어난다."

웃음부모

인디언에게는
자신을 태어나게 해준 부모 외에
'웃음부모'라는 존재가 있다고 한다.
천주교에서 세례를 받을 때 필요한
대모, 대부의 존재와 비슷하다.

아기들은 생후 3개월 정도 지났을 때
처음으로 소리 내서 웃게 되는데,
이때 아기를 처음으로 웃게 만든 사람이
'웃음부모'의 자격을 얻게 된다.

웃음부모는
평생 한 아이의 웃음을 책임지게 된다.
아이의 인생에서 웃음이 떠나지 않도록
끊임없이 보살피고 지켜주는 존재인 것이다.
웃음을 신앙만큼 중요하게 여긴 지혜가 들어 있다.

사는 동안
절대 잃지 말아야 할 것 중의 하나가 웃음이다.
웃음을 잃지 않는다는 건
어떤 상황에서도 결코
좌절하거나 포기하지 않는다는 뜻이다.

웃음, 그것은
희망의 또 다른 이름이다.

가장 위대한 업적…

2018년 3월 14일 세상을 떠난 천재 물리학사,
스티븐 호킹 박사.
그는 영국 출신의 세계적 물리학자로,
상대성 이론과 양자 역학을 바탕으로
우주의 생성과 운영 원리를 설명하는 데 기여한 인물이다.

1962년,
21세의 나이로 루게릭병이라는 진단과 함께
길어야 5년이라는 시한부 선고를 받았지만,
그는 50여년을 병고에 시달리면서도
'빅뱅'과 '블랙홀'이론을 발표했고,
아인슈타인에 비길만한 20세기의 대표적인 물리학자로
인정받게 된다.

"내 병에 대한 진단을 받기 전까지 사는 것도 따분했고,
삶에 대한 가치도 느끼지 못했다.

하지만 지금은 어느 때보다 행복하다.
내가 이룬 가장 위대한 업적은 아직 살아 있다는 것이다."

호킹 박사의 말처럼,
지금 살아 있다는 것,
오늘을 살아가고 있다는 것만으로도
우리는 이미 위대한 업적을 쌓고 있는 것이다.
그런 오늘 하루가 행복했다면
더 이상 무엇이 필요할까!

웃으며 살아야 하는 이유

모 그룹의 브랜드 관리실에서
20~50세 남녀 500명을 대상으로
'웃음에 관한 라이프스타일'이란 조사를 했는데,
한국인은 하루 평균 열 차례 웃고,
한 번 웃을 때 8.6초가 걸린다는 결과가 나왔다.
하루 24시간 중 웃는 시간은 90초도 안됐고,
평생 웃는 시간은 고작 30일에 불과했다.

한편, 근심과 걱정에 빠져 있는 시간은
하루 평균 3시간 6분으로,
일생 중 10년은 근심 걱정에 빠져 산다는 결과가 나왔다.

어니 젤린스키는
《모르고 사는 즐거움》에서 이렇게 말한다.

"걱정의 40%는 절대 현실로 일어나지 않는다.
걱정의 30%는 이미 지나간 일에 대한 것이다.
걱정의 22%는 사소한 고민이다.
걱정의 4%는 우리가 어쩔 도리가 없는 것에 대한 것이다.
걱정의 4%는 우리 힘으로 바꿀 수 있는 일에 대한 것이다."

걱정을 한다고 문제가 해결되지는 않는다.
걱정은 또 다른 걱정꺼리를 안겨줄 뿐이다.

공부를 열심히 하면 성적이 오르고
운동을 꾸준히 하면 운동 실력이 늘어난다.
걱정도 마찬가지다.
걱정을 하면 할수록 걱정이 늘고 자꾸만 커진다.

속도를 늦춰라

한 신부가 산보하듯 천천히 걷고 있었다.
그 곁을 젊은이 한 사람이 빠른 걸음으로 지나갔다.
신부는 젊은이를 불러 세우고 물었다.
"이보시게, 어디를 그리 급히 가시는가?"
젊은이는 귀찮다는 표정을 지으며 짧게 대답했다.
"지금 바빠요. 삶을 따라잡아야 하거든요."

그 말에 신부가 다시 물었다.
"삶이 자네 앞에 있는지 뒤에 있는지 어찌 아시는가?"
젊은이가 당황한 듯 머뭇거리자 신부가 말을 이었다.
"자네는 지금까지 무작정 앞만 보고 달려왔지,
이제부터는 잠시 멈춰 서서 생각해 보시게.
삶이 정말로 저 멀리 앞에 있는 것인지,
아니면 자네 뒤를 쫓아오고 있는 것인지 말이네…….
만약 삶이 자네 뒤에 있다면
서두르면 서두를수록 삶은 점점 멀어지고 있는 것 아닌가!."

삶은 산을 오르는 것과도 같다.

어떤 이는 정상만을 생각하며 앞만 보고 오르고,
어떤 이는 주변 경관을 살펴가며 천천히 오르기도 한다.

산을 오르는 데 정답이 따로 있는 건 아니지만,
산의 아름다움과 등산의 즐거움은
반드시 정상에만 있는 게 아니다.

주위를 돌아보며 천천히 걷다 보면
그동안 보지 못했던 새로운 풍경들을 만나게 된다.

뭣이 중한디…

죽마고우인 세 친구가
배를 타고 미지의 대륙을 향해 떠났다.
황금의 땅을 찾아 나선 것이다.

몇 년 후,
세 친구는 각자 황금이 가득 든 가방을 들고
고향으로 돌아가는 배에 올라탔다.

돌아오는 뱃길은 순조롭지 못했다.
거대한 풍랑을 만나 배가 좌초되고 만 것이다.
배가 가라앉는 순간,
한 친구는 황금이 든 가방을 놓칠까봐 꼭 끌어안았고,
다른 한 친구는 가방을 포기하는 대신
주머니 가득 황금덩어리를 쑤셔 넣었다.
마지막 한 친구만이 황금을 모두 버리고
물에 뜬 나무판자에 몸을 의지했다.

두 친구는 결국 파도에 휩쓸려 숨을 거두었고
판자를 선택한 친구만이 파도에 밀려 해안가에 다다랐다.
거기에는 놀라운 일이 기다리고 있었다.
잃어버린 줄만 알았던 세 개의 황금가방이
고스란히 떠밀려와 있었던 것이다.

황금을 포기하지 못했던 두 친구는
황금은 물론이고 목숨까지 잃고 말았지만
오직 생존만을 선택했던 친구는
목숨도 구하고 황금 가방도 독차지하게 된 것이다.

사소한 것에 목숨 걸지 마라.
눈앞의 작은 이익에 연연하다 보면
정작 지켜야 할 소중한 것을 잃게 된다.

더 멀리, 더 오래가는 비결

1984년 도쿄국제마라톤 대회에서 파란이 일어났다.
전혀 예상하지 못했던 무명의 선수가 우승을 차지한 것이다.
그 주인공은 야마다 혼이치였다.
시상식이 끝나고 이어진 인터뷰에서
한 기자가 우승 비결을 묻자 그는 이렇게 대답했다.
"저는 머리를 써서 우승했습니다."
대회 관계자들과 언론들은 그의 말을
어쩌다 우승을 차지한,
운 좋은 자의 자만심이라고 치부했다.

그런데 2년 후,
이탈리아 국제마라톤 대회에서 야마다 혼이치는
또 한 번 우승을 차지했다.
이번에도 그는 언론과의 인터뷰에서
'저는 머리를 써서 우승했습니다.'라고 말했다.

훗날 야마다 혼이치는 자서전을 통해
자신만의 우승 비결을 상세하게 소개했다.
그는 마라톤 대회가 있을 때마다
차를 타고 대회 코스를 꼼꼼하게 답사했다고 한다.
코스 주변에 지형지물을 숙지하고,
전체 코스를 자신 나름의 기준으로 나누어서
몇 개의 구간으로 세분화하는 작업을 했다.
처음부터 42.195km의 결승점 돌파를 목표로 하지 않고
세분화 한 구간을 제1, 제2, 제3의 목표지점으로 삼고
한 구간 한 구간 차례로 돌파해 나간 것이다.

지나치게 크고 높은 목표나 계획은
오히려 사람을 지치게 하거나 포기하게 만든다.
적당한 목표와 중단 없는 전진이
더 멀리, 더 오래가는 비결이 된다.

실패는 두려움을 먹고 자란다

19세기 후반부터 20세기 초까지
독일에서는 젊은이들이 삭은 보트 한 척으로
대서양 횡단에 도전하는 모험이 유행처럼 번졌다.
하지만 도전자 대부분은 안타깝게도
바다 한가운데에서 목숨을 잃었다.

그 모험에 최초로 성공한 사람은
정신과 의사이자 탐험가인 린데만이었다.
그는 성공 비결을 묻는 사람들에게
오직 해낼 수 있다는 정신력 때문이었다고 대답했다.
망망대해에서 사투를 벌이던 그에게
거친 파도보다 두려웠던 건
실패할지도 모른다는 막연한 공포와 절망감이었다고 한다.
그때마다 린데만은
스스로에게 최면을 걸며 두려움을 떨쳐냈다고 한다.
'할 수 있다. 할 수 있다.

나는 반드시 성공해서 고향으로 무사히 돌아갈 것이다.'

실패는 두려움을 먹고 자라고
성공은 강한 믿음 위에서 꽃피운다.
한번 마음을 파고든 두려움이나 불길한 예감은
절대로 비켜가지 않는다.

"확신하는 마음을 갖는 것이
99%의 가능성을 보는 것보다 훨씬 훌륭하다."

마크 트웨인도
스스로에 대한 믿음이 성공의 열쇠라고 말한다.

인생에서 가장 소중한 것

삶을 비관하던 한 젊은이가 마지막 심정으로
소크라테스를 찾아가 물었다.
"선생님, 인생에서 가장 소중한 것이 무엇입니까?"

소크라테스는 대답 대신 청년을 데리고 시장으로 갔다.
그는 시장을 오가는 많은 사람들에게.
자신이 청년에게 받았던 질문을 그대로 물었다.
"인생에서 가장 소중한 것이 뭐라고 생각합니까?"

사람들의 대답은 제각각이었지만
한 가지 공통점이 있었다.
다들 이미 잃어버렸거나
아직 가지지 못한 것을 이야기한 것이다.
지금 자신이 가진 것을 소중하다고 말하는 사람은
단 한 명도 없었다.

그렇게 시장을 한 바퀴 돌고나서 소크라테스는
청년에게 말했다.

"사람들은 제각각 이미 소중한 것들을 많이 가지고 있다네.
다만 평소에는 그 소중함을 모르고 지내다가
그것을 잃어버린 다음에야 깨닫게 되는 것이지."

행복도 마찬가지다.
행복은 만들거나 누군가에게 받는 것이 아니다.
스스로 발견하는 것이다.

잃어버린 것에 집착하다 보면
지금 가진 소중한 것마저 잃기 십상이다.

지나온 문은 닫아걸어라

영국의 제5대 수상이었던 데이비드 로이드 조지.
그에게는 특별한 버릇이 하나 있었다.
어디를 가든 문을 하나 통과할 때마다
뒤돌아서서 자신이 지나온 문을 반드시 닫았던 것이다.

하루는 친구와 함께 정원을 산책하게 되었는데
그날도 출입문을 통과할 때마다 직접 문을 당겨 닫곤 했다.

친구가 그에게 물었다.
"이보게, 매번 그렇게 문을 닫을 것까지는 없지 않나?"

친구의 물음에 그는 이렇게 대답했다.
"지나온 문은 반드시 닫아야 한다네.
문을 닫는다는 것은 과거와의 단절을 의미하지.
그것이 성공이든 실패이든 과거에 연연하면서
어떻게 새로운 시작을 할 수 있겠는가?"

어제 발생한 일로 오늘도 생각이 분분하다면
오늘은 단지 어제의 연장일 뿐이다.

폭우가 예상되면 댐도 일정량의 물을 방류한다.
물이 넘치는 댐은 더 이상 댐이 아니기 때문이다.
새로움을 받아들이고 채우고 싶다면
먼저 지금 가진 것을 버리고 비워야 한다.

실수가 경쟁력인 식당

식당에서 라면을 시켰는데 우동이 나오고
덮밥을 시켰는데 만두가 나온다면 얼마나 황당할까?

일본의 한 식당에서는
손님이 주문을 하면 매번 엉뚱한 요리가 나온다고 한다.
그런데도 화내는 손님 하나 없고
오히려 사람들이 줄을 서서 기다리는 대박 식당이란다.
그래서 이름도 '주문 실수가 넘치는 식당'이다.

이 식당의 종업원들은 대부분 할머니들이다.
더 놀라운 것은 항상 친절하고 밝은 표정인 할머니들이
모두 치매를 앓고 있는 환자라는 사실이다.
그래서 매번 주문한 메뉴가 아닌
엉뚱한 메뉴가 나왔던 것이다.

이 식당을 찾는 고객들은
엉뚱한 요리를 먹는 재미와 함께
요리보다 따뜻한 온기를 덤으로 얻는다고 한다.

조금은 서툴고 실수가 잦아도
우리 가족, 나의 어머니라 생각하면
마음까지 따뜻해지는 한 끼를 맛보게 된다.

고수의 품격?

1930년대 일본 외상을 지낸 이누가이는
한쪽 눈을 잃은 장애인이었다.
외교부 장관 시절,
중의원에서 국제 정세에 관한 연설을 하던 그에게
한 야당의원이 비아냥거리는 투로 질문을 했다.
"외상, 당신은 눈이 한쪽밖에 없지 않소?"
"네, 그렇습니다만….”
"한쪽 눈만 가지고 국제정세를 제대로 판단할 수 있겠소?"

정치적인 비난이 아니라 노골적인 인신공격이었다.
그러나 이누가이는 미소를 지으며 대답했다.
"의원님은 일목요연一目瞭然이란 말도 모르십니까?"

링컨이 공식석상에서 정적政敵에게 공격을 받았다.
"당신은 두 얼굴을 가진 사람이오!"
그러자 링컨은 이해할 수 없다는 표정으로 대답했다.

"내가 정말로 두 얼굴을 가졌다면
무엇 때문에 굳이 이 얼굴로 여기 나왔겠소?"

여유와 당당함이 느껴지는 고수의 품격은
촌철살인의 유머와 함께할 때 더욱 빛난다.

나귀가 된 여행가

독일의 시인 하이네.
그는 유대인이라는 이유로 공공연한 차별을 받곤 했다.

하루는 연회장에서 한 여행가를 만났다.
그 여행가는 세계여행을 하던 중에
아주 특별한 섬을 발견했다고 말하며
하이네에게 불쑥 질문을 던졌다.

"그 섬이 왜 특별한지 아세요?"
그는 야릇한 미소를 지어보이고 말을 이었다.
"그 곳은 유대인과 나귀가 없는 섬이었습니다."
그의 말은 유대인에 대한 조롱이었다.

하이네는 이렇게 화답했다.
"그럼 당신과 내가 함께 그 섬에 들어간다면
그 섬은 없는 게 없는 완벽한 섬이 되겠군요!"

하이네의 한 마디에 여행가는
그 자리에서 웃음거리가 되고 말았다.
한순간에 나귀로 전락해버린 것이다.
되로 주고 말로 받은 격이다.

존중받기를 원한다면
내가 먼저 상대를 존중해 주어야 한다.

오늘처럼

글쓴이 | 곽동언
펴낸이 | 우지형

인 쇄 | 하정문화사
제 본 | 영글문화사
후가공 | 금성산업
디자인 | Gem

펴낸곳 | 나무한그루
주 소 | 서울시 마포구 독막로 10, 성지빌딩 713호
전 화 | (02)333-9028 **팩 스** | (02)333-9038
E-mail | namuhanguru@empal.com
출판등록 | 제313-2004-000156호

ISBN 978-89-91824-58-4 03810

값 3,800원